初寮詞

王安中

聖求詞

呂濱老

友古詞

蔡伸

四庫全書宋詞別集叢刊 八

商務印書館

初寮詞

王安中

欽定四庫全書

集部十

提要

詞曲類　詞集之屬

初寮詞

臣等謹案初寮詞一卷宋王安中撰安中有初寮集二十卷久經散佚今從永樂大典裒輯成編已別著録陳振孫書録解題別載初寮詞一卷此本為毛晉所刻卷帙相合殆即原本古今詞話謂安中始為東坡門下士紹

興初復附蔡京又幼老春秋謂其交結蔡攸進立春帖子並及鄭妃等事則其人實不足道然花菴詞選載其詞如小重山之椽燭垂珠清漏長遲留春筍緩催觴蝶戀花之翠霧縈紆消篆印箏聲恰度秋鴻陣等句皆當世所指稱其才華要不可及也卷內安陽好九闋據能改齋漫録云韓魏公皇祐初鎮維揚曾作維揚好詞四章其後熙寧中罷相鎮安

陽復作安陽好十章人多傳之因録其一首盖即安中詞内形勝魏西州第一首也安陽為魏郡地安中未曾鎮彼似此詞宜屬韓琦作不知何以入于此集疑以傳疑姑存之以備考證焉

聖求詞

臣等謹案聖求詞一卷宋吕濱老撰濱老字聖求嘉興人陳振孫書録解題作吕渭老考

嘉定壬申趙師岃序亦作濵老似陳氏誤也陳氏載其詞一卷則與今本合濵老在北宋末頗以詩名師岃稱其憂國詩二聯痛傷詩二聯釋憤詩一聯皆為徽欽北狩而作憂國詩有尚喜山河歸帝子可憐麋鹿入王宫語則南渡時尚存矣其詩在師岃時已無完帙詞則至今猶傳楊慎詞品稱其望海潮醉蓬萊撲蝴蝶近惜分釵薄倖選冠子百宜嬌等

闋佳處不減少遊東風第一枝詠梅不減東坡之綠毛么鳳今考詠梅詞集中不載僅附見毛晉跋中晉跋亦不言所據未詳其故晉跋又稱其惜分釵一闋尾句用二疊字較陸游釵頭鳳用三疊字更有别韻不知濵老為徽宗時人游乃寧宗時人釵頭鳳詞實因惜分釵舊調而變平仄相間為仄韻相間耳晉似謂此調反出於釵頭鳳未免偶不檢也乾

欽定四庫全書

隆四十九年八月恭校上

總纂官臣紀昀臣陸錫熊臣孫士毅

總校官臣陸費墀

欽定四庫全書

初寮詞

宋 王安中 撰

虞美人 鴈門作

千山青比蛾眉淺却奈眉峯遠玉人元自不禁秋更算惱伊深處月當樓 分攜不見憑闌際只料無紅淚萬千應在錦回紋屬付斷鴻西去問行雲

又

星郎才思生瑚管四海聲名滿尊前新唱更新妍况有玉人相勸拚酡顔　芙蓉幕下同時客年少那重得且尋幽夢賦高唐莫為浮名容易却相妨

又 贈李士美

清商初入昭華琯宫葉秋聲滿草麻初罷月嬋娟想見明朝喜色動天顔　持盃滿勸龍頭客榮遇時方得詞源三峽瀉瞿塘便是醉中宣去也無妨

又 和趙承之送權朝美按件

文昌郎自文無比風露行千里試尋天上使星看却見
錦衣白晝過鄉關　邊城落照孤鴻外聯壁人相對應
吟紅葉送清秋向我舊題詩處更重遊

浣溪沙 看雪作

慵整金釵縮指尖曉霙猶自入疎簾綠窗清冷臉紅添
妬粉儘饒花六六迴風從鬭玉纖纖不成香暎也相
兼

又 柳州作

宮纈慳裁翡翠輕文犀鬆串水晶明颭風新樣稱娉婷
帶笑緩搖春筍細障羞斜映遠山橫玉肌無汗暗香
清

玉樓春

秋鴻只向秦箏住終寄青樓書不去手因春夢有攜時
眼到花開無著處 泥金小字蠻牋句淚溼殘粧今在
否欲尋巫峽舊時雲問取陽關西去路 花菴詞選稍異

又 送耿太尉赴闕

堯天雨露承新詔珂馬風生趍急召玉符曾將虎牙軍金殿還陞龍尾道　征西鎮北功成早伏鉞登壇令未老樽前休更説燕然且聽陽關三疊了

綠頭鴨大名獄宮作

魏都雄鳳皇飛觀雲間佩麟符荀池元老暫醉西省仙班騘甘棠池澄遠籟詠華泰河卷驚瀾碧草淒迷丹毫冷落圜扉鈴索鎮長門繡筵展三台星近鏘玉韵珊珊金尊灧新醅方薦薄暑初殘　政成時歡餘客散後園

朱戶休關度秋風畫闌枕水挂夜月離檻騎山錦帳籠香鸞釵按曲琵琶雙轉語綿蠻勸行傍眉黃氣先報家衣還登庸際應褒舊德喜動天顏

哨遍 孔德彰作北山移文以譏周彥倫後之托隱求達指終南嵩少為仕宦捷徑者讀而羞之是足為勇退者之鼓吹陽翟蔡侯原道恬於仕進其內呂夫人有林下風相與營歸歟之計而未果則屬予以此文度曲且朝夕使家童謳之亦可以見泉石之勝其詞曰

世有達人瀟灑出塵招隱青霄際終始追遊覽老山棲貌千金輕脫如屣彼假容江皋濫巾雲岳纓情好爵欺

松桂觀向釋談空尋真講道巢由何足相擬待詔書來起騶馳靡次早焚烈芰荷衣敲朴諠諠牒訴忽忽抗顔自喜　嗟明月高霞石徑幽絶誰回睇空悵猨驚處淒涼孤鶴嘹唳任別壑爭譏衆峰竦誚休憖澗媿移星歲方浪枻神京騰裝魏闕徘徊經過留憩致草堂靈怒蔣僕麾扃岫幌驅煙勒新移忍丹崖碧嶺重滓鳴湍聲斷幽谷逋客歸何計信知一逐浮榮便喪素守身成俗士伯鸞家有孟光妻豈逡巡眷戀名利

菩薩蠻（六軍閲罷犒飲兵將官）

中軍玉帳旌旗繞吳鉤錦帶明霜曉鐵馬去追風弓聲驚塞鴻 分兵閑細柳金字囘飛奏犒飲上恩濃燕然思勒功

御街行（賜衣襖子）

清霜飛入蓬萊殿别進雲裘軟却囘宸慮念多寒詔語日邊親遣氷蠶綿厚金鵰錦好永夜縫宫線 紅旌絳旆迎星傳喜氣歡聲遠廟堂勲舊使臺賢領袖坐中爭

絢天香馥郁君恩歲歲一醉春生面

鷓鴣天 百官傳宣

蒨霧紅雲捧建章鳴珂星使渡銀潢親將聖主如綸語傳與陪都振鷺行　香裊裊佩鏘鏘昇平歌莞趣飛觴明時玉帳恩相續清夜鈞天夢更長

蝶戀花

露桃煙杏逐年新回首東風跡已陳頃刻開花公莫愛四時俱好是長春

曲徑深叢枝裊裊暈粉揉綿破蕋烘清曉十二番開寒最好此花不惜春歸早　青女飛來紅翠少特地芳菲絶豔驚衰草只殢東風終甚了久長欲伴姮娥老

右長春花

無窮芳草度年華尚有寒來幾種花好在朱朱兼白白一天飛雪映山茶

巧剪明霞成片片欲笑還顰金蕋依稀見拾翠人寒粧易淺濃香別注靨膏點　竹雀喧喧煙岫遠晚色溟濛

六出花飛遍此際一枝紅綠眩畫工誰寫銀屏面

右山茶花

雪裏園林玉作臺侵寒錯認暗香迴化工清氣先誰得品格高奇是蠟梅

剪蠟成梅天著意黃色濃濃對蕚勻裝綴百和薫肌香旖旎仙裳應漬薔薇水　雪徑相逢人半醉手折低枝擁髻雲爭翠鬟葢撚枝無限思玉真未洒梨花淚

右蠟梅花

千林臘雪綴瑶瑰晴日南枝暎獨囘知有和羮尋問
實未春先發看紅梅
青玉一枝紅類吐粉顋愁寒濃與臙脂傅辨杏猜桃君
莫誤天姿不到風塵處　雲破月來花下住要伴佳人
弄影參差舞只有暗香穿繡戶昭華一曲驚吹去
右紅梅花
年年節物欲爭新玉顋朱顔一笑頻勾引東風到池
館春前花發自迎春

雪霽花梢春欲到餞臘送春一夜花開早青帝廻輿雲縹緲鮮鮮金雀來飛繞　繡閣紗窗人窈窕翠縷紅絲闘剪旛兒小戴在花枝爭笑道願人常共春難老

右迎春花

鴛瓦鋪霜朔吹高畫堂歌筦醉香醪小春特地風光好豔粉嬌紅看小桃

穠豔夭桃春信漏弄粉飄香楓葉飛丹後酒入冰肌紅欲透無言不許羣芳鬬　樓外何人揎翠袖剪落金刀

捶處濃雲覆肯與劉郎仙去否武陵曲路相思瘦

右小桃花

又 梁才甫席上次韻

翠袖盤花金撚線曉炙銀簧勸飲隨深淺複幕重簾誰得見餘醺微覺紅浮面　別喚清商開綺宴玉管雙橫抹起涼州遍白苧歌前寒莫怨湘梅萼裏春郎遠

又

千古銅臺今莫問流水浮雲歌舞西陵近煙柳有情開

不盡東風約定年年信　天與麟符行樂分帶緩毬紋雅宴催雲鬢翠霧縈紆銷篆印箏聲恰度秋鴻陣帶緩毬紋一作緩帶輕裘

又

未帖宜春雙綵勝手點酥山玉筋人爭瑩節過日長心自準遲留碧瓦看紅影　樓外尖風吹鬢冷一望平林霽窻花相映落粉篩雲晴未定朝醒只凭闌干醒

一落索

夢破池塘杳杳情隨春草尊前風味不勝清賦白雪幽蘭調秀句銀鈎爭妙慇懃東道蠻牋傳與翠娥歌便買斷千金笑

又

欲訪瑶臺蓬島煙雲縹緲清游却道鳳皇池聽檀板新聲妙　天上除書催早人瞻元老東風煙柳旱河堤叟何處深春好

又 送王伯紹帥慶陽

塞柳未傳春信霜花侵鬢送君西去指秦關看日近長安近　玉帳同時英俊合離無定路逢新雁北飛來寄一字燕山問

玉蝴蝶　和梁才甫游園作

御水縠紋風皺畫橋横處沙路晴時曲塢藏春朱戶翠竹參差過牆花嬌無限思籠檻柳低不勝垂海棠枝為東君愛未敢離披　遲遲日華融麗悠揚絲管掩冉旌旗喜入繁紅坐來閙盡不須吹聽鶯還還思上苑約鳳

浴廳展新池促歸期燕飛蝶舞特地熙熙

水龍吟 游御河并過壓沙寺作

魏臺長樂坊西畫橋倒影煙堤遠東風與染揉藍春水灣環清淺浴鷺翹沙戲魚吹絮落紅漂卷為遊人盛縱蘭舟綵舫飛輕棹凌波面　樂事年年作見趂旌旗谷鸎嬌囀追隨況有疎簾珠袖濃香紺幰蕭寺高亭茂林斜照且留芳宴看韶華爛向樽前放手作梨花晚

臨江仙 和梁才甫茶詞

六六雲從龍戲月天顔帶笑嘗新年年回首建溪春香甘先玉食珍寵在楓宸　賜品暫醒歌裏醉近和行對台臣宮甌浮雪乳花勻九重清晝永宣坐議東巡

又　賀州劉帥忠家隔簾聽琵琶

鳳撥鵾絃鳴夜永直疑人在潯陽輕雲薄霧隔新粧但聞兒女語倏忽變軒昂　且看金泥花那面指痕微印紅朵幾多餘暎與真香移船猶自可卷箔又何妨

小重山　湯

重舉金猊多炷香仙方調絳雪坐初嘗醉鬟嬌捧不成行顔如玉玉盤共爭光　飛盡莫催忙歌檀臨閱處緩何妨遠山横翠為誰長人歸去餘夢繞高唐

又

椽燭壓珠清漏長酒黏衫袖溼有餘香紅牙雙捧旋排行將歌處相向更匀粧　明月映東牆海棠花徑密迸流光遲留春笋綫催觴蘭堂静人已候虚廊酒黏一作醉痕

又　相州榮歸池上作

碧藕花風入袖香涓涓清露浥玉肌涼折花無語傍横塘隨折處一寸萬絲長　還叟擘蓮房蓮心真箇苦似離腸淩波新恨儘難忘分攜也觸事著思量

江神子　韋城道中寄李祖武瞿淳老

荷花遮水水浸溪柳低垂亂蟬嘶捨轡何妨臨水照征衣一扇香風揺不盡人念遠意淒迷　騎鯨仙子已相知數歸期賦新詩叟想瞿公門外雀羅稀陶令此襟塵幾許聊欲向北窗披

徵招調中腔 天寧節

紅雲𥨍霧籠金闕聖運叶星虹佳節紫禁曉風馥天香奏九韶帝心悅 瑶堦萬歲蟠桃結曆𥮉永壺天風月日觀幾時六龍來金縷玉牒告功業

清平樂 和晁倅

花時微雨未減春分數占取簾疎花密處把酒聽歌金縷 斜風輕度濃香閒情正與春長向晚紅燈入坐嘗新青杏隨觴

又

花枝敧晚過雨紅珠轉欲共東君論繾綣繁豔休將風捲　歸來凝思閒窗寒花莫闕微觴解慢不成幽夢燕泥驚落雕梁

又

煙雲千里一抹西山翠碧瓦紅樓山對起樓下飛光流水　錦堂風月依然後池蓮葉田田縹緲貫珠歌裏從容倒玉尊前

安陽好有口號

賦盡山都左太冲當年徧說鄴都雄如今别唱安陽好勝日佳時一醉同

安陽好形勝魏西州曼衍山河環故國昇平歌鼓沸高樓和氣鎮飛浮　籠畫陌喬木幾春秋花外軒窗排遠岫竹間門巷帶長流風物更清幽

又

安陽好戟戸府居雄白晝錦衣清宴處鐵湜丹楖畫圖

中壁記舊三公　棠訟悄池館北園通夏夜泉聲來枕簟春風花影透簾櫳行樂與何窮

又

安陽好物外占天平疊疊搜藍煙岫色淙淙鳴玉曉溪聲仙路馭風行　松路轉丹碧照飛甍金界花開常爛熳雲根石秀小崢嶸幽事不勝清

又

安陽好泮水盛儒宮金字照碑光射斗芸香書閣勢淩

空肅肅揉芹風　來勸學鄉究首文翁歲歲青衿多振
鷺人人彩筆競騰虹九萬奮飛同

又

安陽好耆舊迹依然醉白垂楊低掠水延松高檜老參
天曾映兩貂蟬　王謝族蘭玉秀當年畫隼朱輪人繼
踵丹臺碧落世多賢簪紱看家傳

又

安陽好負郭相君園綠野移春花自老平泉醒酒石空

存月館對風軒 人選勝幽徑破苔痕擁砌翠筠侵坐
冷穿亭玉溜落池喧歸意黯重門

又

安陽好曲水似山陰咽咽清泉岩溜細彎彎碧甃篆痕
深永晝坐披襟 紅袖小歌扇畫泥金鴨綠波隨雙槳
轉鵞黃酒到十分斟重聽遶梁音

又

安陽好闕 又罩飛攙壠旋栽花密密著行重接柳依

依鴛瓦蕩晴輝　池面渺相望是榮歸兩世風流今可
見一門恩數古來稀誰與賦緇衣

又

安陽好千古鄴臺都繐帳歌人春不見金樓鳴鳳夜相
呼輦路舊縈紆　閒引望漳水遶城隅時有漁樵収故
物誰將宮殿點新圖平野漫煙蕪

卜算子 往道山道中作

客舍兩三花竝臉開清曉一朵涓涓韵已高一朵纖纖

褭　誰與揷斜紅擁髻爭春好此意遥知夢已傳月落
前村悄

又　柳州作

燕尾道冠兒蟬翼生衫子攲枕看書卧北窗簟展瀟湘
水　團扇弄燕風皓質添涼意誰與文君作粉真只此
蓮花是

生查子　柳州作

春紗蜂趕梅宮扇鸞開翅幾摺聚香風一撚生秋意

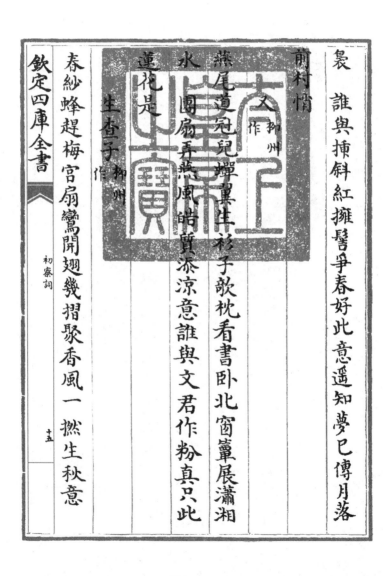

搖搖雲母輕裊裊瓊枝細莫鮮玉連環怕作風飛起

洞仙歌

深庭夜寂但凉蟾如畫鵲起高槐露華透聽曲樓玉管吹徹伊州金釧響軋軋朱扉暗扣　迎人巧笑道好個今宵漏不相尋暫攜手見淡淨晚粧殘對月偏宜多情更越饒纖瘦早從分飛雲雨時休便恰似陽臺夢雲歸後

聖求詞

呂濱老

聖求詞序

世謂少游詩似曲子瞻曲似詩其然乎至荆公桂枝香詞子瞻稱之此老真野狐精也詩詞各一家惟荆公備衆作艷體雖樂府柔麗之語亦必工緻真一代奇材後數十年當宣和末有吕聖求者以詩名諷詠中率寓愛君憂國意不但弄筆墨清新俊逸而已其憂國詩云憂國憂身到白頭此生風雨一沙鷗又云尚喜山河歸帝子可憐麋鹿入王宫痛傷詩云塵斷征車鬧雲低愁帳

深古今那有此天地亦何心釋憤詩云未澌嵇紹血誰發諫臣章赤心耿耿大有氣象縉紳巨賢多録藁家藏但不窺全袟未能爲刋行也一日復得聖求詞集一編婉媚深窈視美成耆卿伯仲耳余因念聖求詩詞俱可以傳後惜不見他所著述以是知世間奇才未乏也士友輩將刻聖求詞求序於余故余得言其大槩聖求居嘉興名濆老嘗位周行歸老於家云嘉定壬申中秋朝奉大夫成都路轉運判官趙師岁序

欽定四庫全書

聖求詞

宋 呂濱老 撰

薄倖

青樓春晚晝寂寂梳勻又懶乍聽得鴉啼鶯弄惹起新愁無限記年時偷擲春心花間隔霧遙相見便角枕題詩寶釵貰酒共醉青苔深院 怎忘得迴廊下攜手處花明月滿如今但暮雨蜂愁蝶恨小窗閒對芭蕉展卻

誰拘管儘無言閒品秦箏淚滿參差腰肢漸小心心與楊花共遠

望海潮

側寒斜雨微燈薄霧怱怱過了元霄簾影護風盆池見日青青柳葉柔條碧草皺裙腰正晝夜烟煖蜂困鶯嬌望處凄迷半篙綠水浸斜橋　孫郎病酒無聊記烏絲醉語碧玉風標新燕又雙蘭心漸吐嘉期趁取花朝心事轉迢迢但夢隨人遠心與山遥悞了芳音小窗斜日

對芭蕉側寒坊本作惻寒非詳見跋中　半篙綠水浸斜橋一本作半篙綠水斜橋按譜應作七字句

選冠子

雨濕花房風斜燕子池閣晝長春晚檀盤戰象寶局鋪棊籌晝未分還嬾誰念少年齒怯梅酸病疎霞盞正青錢遮路綠絲明水倦尋歌扇　空記得小閣題名紅牋青製燈火夜深裁剪明眸似水妙語如絃不覺曉霜雞唤聞道近來箏譜慵看金鋪長掩瘦一枝梅影回首江南路遠

又

風約晴雲花乾宿露簾幕萬家清曉青帘賽酒小塢藏春冶葉艷枝相照羊駕小車笑逐遊人遠迷芳草更紅英飛舞繡茵連接霧臺烟沼　年少日細馬戎韉紅靴玉帶同揹軟塵西笑珍珠戲擲彩筆搜奇不覺暮春鶯老誰見這廻霜點染衰事縈懷抱訴一春心事燕子周遮來了

念奴嬌 贈希文寵姬

暮雲收盡霽霞明高擁一輪寒玉簾影横斜房户静小立啼紅蔌蔌素鯉頻傳蕉心微展雙蘂明紅燭開門疑是故人敲撼窗竹　長記那裏西樓小寒窗静盡掩風箏鳴屋淚眼燈光情未盡儘覺語長更促短短霞杯温温羅帊妙語書裙幅五湖何日小舟同泛春綠

情久長

鎖窗夜永無聊盡作傷心句甚近日帶紅移眼梨臉擇雨春心償未足怎忍聽啼血催歸杜宇暮帆挂沉沉瞑

色衮衮長江流不盡來無據　點檢風光歲月如許趁此際浦花汀草一棹東去雲窗霧閣洞天曉同作烟霞伴侶算誰見梅簾醉夢柳陌晴遊應未許春知處

又

冰梁跨水沉沉霽色遮千里怎向我小舟孤棹天外飄墜夜寒侵短髮睡不穩牕外寒風漸起歲華暮蟾光射雪碧瓦飄霜塵不動寒無際　雞咽荒郊夢也無歸計擁繡枕斷魂殘魄清吟無味想伊睡起又念遠樓閣橫

枝對倚待歸去西窗剪燭小閣凝香深翠幙饒春睡

滿江紅

晚浴新涼風蒲亂松梢見月庭陰盡暮蟬啼歇螢遶井闌簾入燕荷香蘭氣供摇箑賴晚來一雨洗游塵無些熱　心下事峰重疊人甚處星明滅想行雲應在鳳凰城闕曾約佳期同菊蕊當時共指燈花説據眼前何日是西風涼吹葉

又

笑語移時風影亂半簾寒日鮮明是晚來妝飾共說西園攜手處小橋深竹連峕色到如今梧葉染清霜封行跡　春未透梅先折人縱健時難得想明年虛過上元寒食數著佳期愁入眼雨珠零亂梨花溼任翠鬟攲側背斜陽嚪瑶瑟

又

燕拂危檣斜日外數峰凝碧正暗潮生渚暮風飄席初過南村沽酒市連空十頃菱花白想故人輕箑隊遊絲

聞遥笛　魚與雁通消息心與夢空牽役到如今相見怎生休得斜把琵琶傳寄意一襟新月横空碧問甚時同作醉中仙煙霞客

又　次楊子耕韻

山遶吴城修竹外滿林園碧任孤檣百丈遠牽江色政簡民閑無一事同遊仍是鴛鸞客到晚年遺愛續新題都堪説　修門賦今誰續痛飲士天應惜正彩霞垂帔暮風飄瑟笑疾禪癡今在否風燈石火同飄忽去醉鄉

深處著身心休銘櫛

醉蓬萊

任落梅鋪綴雁齒斜橋裙腰芳草閒伴遊絲過曉園庭沼期近清明雨晴風軟稱少年尋討碧縷墻頭紅雲水面柳堤花島 誰信而今怕愁憎酒對著花枝自疎歌笑鶯語丁寧問甚時重到夢筆題詩帊綾封淚向鳳簫人道處處傷心年年遠別念惜春人老

齊天樂 觀競渡

香紅飄泛明春水寒食萬家遊舫整整斜斜疎疎密密簾纈旗紅相望江波蕩漾稱彩艦龍舟繡衣霞槳舞楫爭先歌笑簫鼓亂清唱　重來劉郎老對故園桃紅春晚盡成惆悵淚雨難晴愁眉又結翻覆十年手掌如今怎向念舞板歌塵遠如今上斜日同舟醉魂空舞颺

沁園春

復把元宵等閒過了算來告誰整二年三歲樽前笑處知他啟了多少歌詩豈信如今不成些些事還是無聊空

皺眉爭知道冤家悞我日許多時　心兒轉更癡迷又疑道清明得共伊但自家晚夜多方遣免不須煩惱兩月為期用破身心博些些歡愛有后不成人便知從來是這風流伴侶有分雙飛

滿路花同柳仲修在趙屯

西風秋日短小雨菊花寒斷雲低古木暗江天星娥尺五佳約悞當年小語憑肩處猶記西園畫橋斜月闌干烏啼花落春信遣誰傳尚容清夜夢小留連青樓何

處寶鏡注嬋娟應念紅牋事微暈春山背窗愁枕孤眠

驀山溪

韻高格妙不數閑花草向晚小梳粧換一套新衣始了
横釵整鬢倚醉唱清詞房户靜酒盃深簾幙明殘照
揚州一夢未盡還驚覺自恁在心頭拈不出何時是了
吴霜點鬢春色老劉郎雲路遠晚溪横誰見桃花笑

又

元宵燈火月淡遊人可携手步長廊又説道傾心向我

歸來一夢整整十年餘人似舊去無因牽惹情懷破
章臺楊柳聞道無關鎖行客挽長條情不似當初些箇
而今休也摇落任東風但恣意儘留情我也知無那

千秋歲

寶香盈袖約腕金條瘦裙兒細襇如眉皺笑多聲鬢側
語小絲簧奏洞房晚千金未直横波溜　緣短懽難又
人去春如舊枝上月誰攜手宿雲迷遠夢淚枕中殘酒
怎奈向繁陰亂花葉梅如豆

早梅芳近

晝簾深粧閣小曲徑明花草風聲約雨暝色啼鴉暮天杳染眉山對碧匀臉霞相照漸更衣對客微坐自輕笑醉紅明金葉倒恣看還新好螢流粉淚滴爍波光射庭沼犀心通密語珠唱翻新調佳期定約秋了

醉落魄

明窗讀易時才人地俱超軼偶然一墮槐安國説利談功這事怎休得　何將置酒圖書室揮絃目送西飛翼

夜來已覺春筲溢月影三人一醉舊相識

又

纖鞋窄襪紅茵白稱琵琶掏明衣妝臉春梳掠好好亭亭那得恁標格 怱怱一醉霜華白歸來偏記藍橋宅五更殘夢迷蝴蝶覷著花枝只被繡簾隔

惜分飛 元夕

白玉花驄金絡腦十里華燈相照簾映春窈窕霧香殘臙桃花笑 一串歌珠雲外裊飲罷玉樓寒悄歸去城

南道柳梢獵獵東風曉

浣溪沙

烟柳濛濛鵲做巢青青弱草帶斜橋鶯聲多在杏花梢

逐伴不知春路遠見人時著小詞招阿誰有分伴吹簫

又

彩選孩兒隔袖拈鏊釵微見玉纖纖夜寒窗外更垂簾

好事燈花雙作蕋照人月影入斜簷新愁日日座中

添

又

做得因緣不久長驚風枝上偶成雙歸來魂夢帶幽香
燈下揉花春去早竹間影月索歸忙十年前事費思
量

漁家傲 作浮圖語送深上人遊盧山

聞道盧山横廣澤晴空萬頃波濤白上有至人營窟宅
經遊客古今多是烟霞謫 一鉢上人輕六翮選塲要

射如來策點化黃金非妙藥難堪酌三生一口都吞却

又

昨夜山空流石乳道人妙手親拈取未欲凌雲歸洞府清風舉大千一葉同歡舞 笑把須彌撾破鼓東山雲作西山雨我欲住菴無拄斧君相許三更明月湖心午

又

潦倒瞿曇饒口悄拈花免道頭陀笑雞足山中眠未覺誰知道至今功業猶分剖 脣口周遮何日了禪林四

面藤蘿遶有箇路頭君試討梅花老南園蝴蝶飛芳草

又

高髻袈裟挑紙帔一杯茶罷成行計路入廬山風細細輕彈指百千三昧俱遊戲 法椅何曽燒兩臂誰知紙上無窮意欲識普賢眞實際齁齁地小爐雪夜和衣睡

又

頂上鐵輪飛火熖防身細按威神劒體用雙行誰敢覘光閃閃何須更把茶林摵 衲子家風存古儉一條榔

果如天塹粥鼓未鳴燈火暗無思念斷崖古木橫藤蕈

又

落月杜鵑啼未了粥魚忽報千山曉笠子葢頭衣鉢少穿林表回頭高刹空中小　官路舊多林木遶露濃花葢皆顛倒渡水登山排草草廬山好香爐峰下湖波渺

思佳客

江上何人一笛橫倚樓吹得月華生寒風墮指傾三弄小市收燈欲二更　持蟹股破霜橙玉人水調品秦箏

細看桃李春時面共盡玻璃酒一觥

又

微點胭脂暈淚痕更衣整鬢立黃昏春風攪樹花如雨
夕靄迷空燕趁門　題往事錦回紋春心無定似行雲
深屏繡幌空愁獨明月梨花殢一樽

好事近

別酒帶愁酸千里失羣黃鵠行到小橋梯下便飛雲南
北　不妨垂手小徘徊日影轉闌曲從此賀囊佳製有

新奇題目

又

飛雪過江來船在赤欄橋側忽報布帆無恙著兩行親札　從今日日在南樓鬢自此詩白一詠一觴誰共負平生書册

又

年少萬函書朱紫只應低拾更頼主人明眼作青雲梯級　歸來應是印纍纍笳鼓鬧鄉邑若訪老人生計販

謝郎蓑笠

又

雲影護梅枝短短未禁飛雪彩幅自題新句作催粧佳閟西樓昨夜五更寒恐一枝先發元是素娥無寐駕半輪明月

又

小飲破清寒坐久困花頽玉兩行艷衣明粉聽阿誰拘束麗華百媚坐來生仙韻動羣目一曲鳳簫同去倦

人間絲竹

天仙子 代人送希文

樓下轆轤橫露井樓上嬋娟開曉鏡下樓難忘上樓時風未定帆不正蔌蔌珍珠揮麈柄　眉上新愁吹不醒別酒未斟歌未忍雪中梅下定重來烟暝暝腸寸寸莫放笛聲吹落盡

燕歸梁

樓外東風杜宇聲雙枕細眉顰女郎番馬小山屏金籠

冷夢魂驚 起來重綰雙羅髻無個事淚盈盈楊花蝴蝶亂分身飛不定暮雲晴

小重山 七夕病中

半夜燈殘几上槳小窗風動竹月微明夢魂偏記水西亭琅玕碧花影弄蜻蜓 千里暮雲平南樓催上燭曉來晴酒闌人散斗西傾天如水團扇撲流螢

河傳

斜紅照水似晴空萬里明霞相倚逐伴笑歌小立綠槐

陰裏誚沒些春氣味　紛紛覷著閑桃李淺淺深深不滿遊人意幽艷一枝向晚重簾深閉是青君愛惜底

清平樂 上元趙仲能窓

水餅石硯敗壁蝸書篆窗下日舒縫衲線屋角晚風飛霰　上元燈火佳時長廊語笑追隨高臥一番紙帳覺來月貫南枝

握金釵

風日困花枝晴蜂自相趁晚來紅淺香盡整頓腰肢暈

殘粉絃上語夢中人天外信　青杏已成雙新樽薦櫻
笋爲誰一和銷損數著佳期又不穩春去也怎當他清
晝永

又

向晚小粧匀明窗倦裁剪見花清淚遮眼開盡繁桃又
春晚心下事比年時都較懶　胡蝶入簾飛郎聲似鶯
囀見來無計拘管心似芭蕉乍舒展歸去也夕陽斜紅
滿院

策杖穿荒圃登臨笑晚風無窮秋色蔽晴空遥見夕陽江上捲飛蓬　雁過菰蒲遠山遥夢寐通一林楓葉墮愁紅歸去莫煙深處聽疎鍾

又

遠色連朱閣寒鴉噪夕陽小爐温手酌鵝黄掩亂一枝清影在寒牕　念遠歌聲小嗔歸淚眼長纖腰瘦盡冶遊郎朝暮楚宫雲雨恨怏怏

蝶戀花

風洗遊絲花皺影碧草初齊舞鶴閒相趁短夢乍回慵理鬢鷺心忽數清明近　逐伴强除眉上恨趁蝶西園不覺鞋兒褪醉笑眼波横一寸微微酒色生紅暈

又

花色撩人紅入眼可是東君要得人腸斷欲訴深情春不管風枝雨葉空撩亂　謾插一枝飛一醆小賞幽期破我平生願珍約未成春又短但憑蝴蝶傳深怨

品令

繡衣未整傍窗格臨清鏡新霜薄霧這下幾日陰晴不定欲插黄花心事又還記省　去年香徑共粉蝶閒相趁寶香玉珮暗解付與多情尚令何日西樓重見暮帆烟艇

祝英臺

寶蟾明朱閣靜新燕近簾語還記元宵燈火小橋路逢迎春筍柔微淩波纖穩　不顧斗斜三鼓悄甚無據誰信一霎春愁鶯聲留不住柳色苔痕風雨暗花圃細看

羅帶銀鉤綃巾香淚算不枉那時分付

水調歌頭 十月初十日同周元發謁姚氏昆季多不過因與說道小飲出其兄進道作水調歌頭一韻幾二十首讀之殆不勝情次其韻作一篇懷其人亦以贈元發說道

扁舟思獨往橋影劃晴煙要伴人隨明月踏破水中天誰信騎鯨高逝空對筆端風雨如汎楚江船老子窮無賴端欲把漁竿　白蘋汀歸老計似高閒平生愛我一言相置二劉閒準擬何山松桂折足鐺能妥穩芋火對闌殘何必少林語立雪問心安

又

明日紙中以酒見貺約即見過
徘徊江上久不至復次其韻

江湖堪極目非霧亦非烟故人相見縱橫高義薄雲天已具茰樽茗話悵望雲中江樹不見子猷船日色隱林表十里認帆竿　百年間無個事且安閑功名兩字泛然都懵有無問且盡身前一醉休問古來今往及取菊花殘仙事占無據竹帛笑劉安

又

壬寅九月謁季修題其書室壁
曰秋齋夢謁復以進道韻續之

秋齋多夢謁舌本欲生烟獨步一庭明月雁字已橫天

作個生涯不遂松竹雨荒三徑却憶五湖船小阮貧尤甚犢鼻挂長竿白鷗汀風共水一生間橫琴唳鶴要携妻子老雲間燈火熒熒深夜高卧南窗折几杯到不留殘莫遣江湖手遮日向長安

又

壬寅十月二十四日飲少酒徑醉離棄而寢中夜酒醒次其韻作一篇

心肝皆錦繡落筆盡雲烟詩狂酒興要騎赤鯉上青天織女回車相勞指點虛無征路翻動月明船舉手謝同輩宣復念漁竿我平生心正似白雲閒衣冠汚我偶

逢遊戲到人間常念孤雲高妙若作轆轤俯仰誰復食
君殘拜塵金谷輩都是臥崇安

又 哭進道飛橋自古雙溪合檉柳如今夾岸垂幺金店別業詩

詩人翻水畫寂寞五侯烟醉魂何在應騎箕尾列青天
記得平生談笑夾岸手栽楊柳同泛夜深船溪水還依
舊深淺半青竿 小神仙殿七七許閑閑黃粱未熟經
遊都在夢魂間我厭囂塵濁味幾欲淩雲羽化雞犬不
留殘俗事丹砂冷且抱一枝安

又 陳性孺不相見十年矣今在雲間欲樸夜訪之大病遂已次其韻而寄之

暮雲遮遠眼疊疊入青烟十年不見醯雞同舞瓮中天聞道山陰回棹相去都無百里李郭可同船行止皆天意端欲自操竿 功名事須早計莫安閒高才妙手不當留意市廛間俄已山林長往塵面時時拂鏡蒼髮甚衰殘廊廟非吾事茅屋且安安

又 與小飲

撫牀多感槩白髮困風烟出門有礙更堪寒暮雪飛天

君棄一盂一衲奔走五湖清浪杯度不乘船來訪山中友修竹長千竿　看人間誰得似謫僊閒生涯不問留情多在酒杯間剪燭西風談笑零落一樽相對不覺已更殘回首功名事戕記謝任安

又 送季修同希文去秀

十年禪榻畔風雨颺茶烟跳九日月未甘白髮困堯天江左風流才子要伴江湖張翰同泛洛陽船載酒情無盡海燕遼船竿　逼人來功業事不教閒男兒三十定

當談笑在堂間老子婆娑貧態閉户長鬚赤脚他日要分殘禹浪桃花影歸棹正輕安

何山道人水調歌頭二十首一韻余和之計前後凡八首道人之語如謝康樂詩出水芙蓉自然可愛余誠不足以繼其後嗚呼道人死矣儒耶人耶皆不知俟如其數焚香燒以與之魂如有靈當凌雲一笑

江城子

曉參垂户宿酲醒坐南亭對疎星點點螢光偏向竹梢

明望斷長空何處是雲葉亂彩霞橫　西樓依舊抱重城小銀屏此時情鴉陣翻叢枯柳兩三聲欹枕欲尋初夜夢雞唱遠曉蟾傾

又

聞君見影已堪憐短因緣偶同筵相見無言分散倍依然做夢楊花隨去了粧閣畔繡牀前　覺來離緒意綿綿寫蠻牋倩誰傳魚雁悠悠門外水如天欲上西樓還不忍難著眼望秋千

水龍吟

五湖春水茫茫夢魂夜逐楊花去汀花汀草佳人微笑眼波横注借問劉郎心期則甚一成無據自春來淚滿揾藍袖口沒整頓心情處聞道相如病渴念文君白頭新句相思兩地光窮烟水一庭花霧錦字藏頭織成機上一時分付問他年更有微雲淡月重來分未

減字木蘭花

雨簾高捲芳樹陰陰連別館涼氣侵樓蕉葉荷枝各自

秋　前溪夜舞化作驚鴻留不住愁損腰肢一桁香銷舊舞衣

又

明眸巧笑坐久更宜燈燭照小醉亂歸懷抱明明只自知　瑣窗重見桃李春風三月面怎不思量折柳孤吟斷殺腸

江城子慢

新枝媚斜日花徑霽晚碧泛紅滴近寒食蜂蝶亂點檢

一城春色倦遊客門外昏鴉啼夢破春心似遊絲飛遠
碧燕子又語斜簷行雲自沒消息　當時烏絲夜語約
桃花時候同醉瑤瑟甚端的看看是榆角楊花飛擲怎
忘得斜倚紅樓回淚眼天如水沉沉連翠壁想伊不整
啼粧影簾側

如夢令

百和寶釵香珮短短同心霞帶清鏡照新粧巧畫一雙
眉黛多態多態偷覷榴花窗外

極相思

拂墻花影飄紅微月辨簾櫳香風滿袖金蓮印步狹徑迎逢　笑靨乍開還斂翠正花時却恁西東别房初睡斜門未鎖且更從容

又

西園鬬草歸遲隔葉囀黃鸝闌干醉倚秋千背立數遍佳期　寒食清明都過了趁如今芍藥薔薇衩衣吟露歸舟纜月方解開眉

賀新郎 别竹西

斜日封殘雪記别時檀槽按舞霓裳初徹唱然陽關留不住桃花面皮似熱漸點點珍珠承睫門外潮平風疾正指佳期共的花同折情未忍帶雙結　釵金未斷腸先結下扁舟更有暮山千疊别後武陵無好夢春山子規更切但孤坐一簾明月蠹共藕花同蔕甚人生要見底多離别誰念我淚如血

浪淘沙

倚枕數更籌清夜悠悠竹風荷露小窗秋往事迷人渾不省總是離愁　無賴是橫眸濟楚風流一時摟攬著心頭調數夢魂將我去明月重樓

思佳客

深夜槐風折夢醒霧荷涼氣滿西亭凭欄小語花梢月緩步偷拈石上螿　秋意早暑衣輕殢人索酒復同傾大家沉醉還高枕一任西樓報五更

二郎神

西池舊約燕語柳梢桃萼向紫陌秋千影下同綰雙雙鳳索過了鶯花休則問風共月一時閒却知誰去喚秋陰滿眼敗紅葉飄泊江湖載酒十年行樂甚近日傷高念遠不覺風前淚落橘熟橙黃堪一醉斷未負晚涼池閣只愁被撩撥春心煩惱怎生安著

百宜嬌

隙月垂篦亂蛩催織秋晚嫩涼房戶燕拂簾旌鼠翻窗網寂寂飛螢來去金鋪鎮掩謾記得花時南浦約重陽

萸糝菊英小樓遥夜歌舞　銀燭暗佳期細數簾幙漸

西風午窗秋雨葉底翻紅水面皺碧燈火裁縫砧杵登

高望極　正霧鎖官槐歸路定須相將寶馬細車訪吹簫

侶

醉思僊

斷人腸正西樓獨上愁倚斜陽稱鴛鴦鸂鶒兩兩池塘

春又老人何處怎慣不思量如今瘦損眉黛又還無計

禁當　小院呼盧夜當時醉倒殘釭被天風吹散鳳翼

難雙南窗雨西樓月尚未散拂天香聽鶯聲悄記得那
時舞板歌梁
眼兒媚
曉釵催鬢語南風碧潤小橋通榆陰短短露光烱烱滿
地花紅 天涯不見歸帆影蜂蝶儘西東宿酲漸解殘
粧猶在曉日簾櫳
又
循檻琅玕粉沾衣一片子規啼蓬壺夢短蜀衾香遠愁

損腰肢　石城堂上雙雙燕應傍莫愁飛春江艇子雪中梅下知與誰期

夢玉人引

上危梯望畫閣迴繡簾垂曲水飄香小園鶯喚春歸舞袖弓彎正滿城烟草淒迷結伴踏青趁蝴蝶雙飛　賞心歡計從别後無意到西池自檢羅囊要尋紅葉留詩嬾約無憑據鶯花都不知怕人問强開懷細酌酴醾

傾盃令

楓葉飄紅蓮房肥露枕席嫩涼先到簾外蟾華如掃枝上啼鴉催曉秋風又送潘郎老小窗明踈螢淺照登高送遠惆悵白髮至今未了

又

隔座藏鈎分曹射覆燭豔漸催三鼓箏按教坊新譜樓外月生春浦徘徊爭忍忙歸去怕明朝無情風雨珍花美酒團坐且作尊前笑侶

生查子

攤錢臨小窗撲蝶穿斜徑醉戲晚風前吹亂連枝影

別來秋夜長夢到金屏近腸斷一聲雞殘月懸朝鏡

又

裙長步漸遲扇薄羞難掩鞋褪倚郎肩問路眉先斂

踏青南陌回倚醉開嬌靨今夜更同行忍笑勻粧臉

又

雙鬟綠髮齊多笑蔫紅落穿竹過西齋問字時偷學

嬌慵不慣羞同倚闌干角屈指數元宵燈火堪行樂

撲蝴蝶近

分釵綰髻洞府難分手離觴短闋啼痕冰舞袖馬嘶霜滑橋横路轉人依古柳曉色漸分星斗　怎分剖心兒一似傾入離愁萬千斗垂鞭佇立傷心還病酒十年夢裏嬋娟二月花中荳蔻春風為誰依舊

又

風荷露竹秋意侵疎鬢微燈曲几有簾通桂影乍涼衣

著輕明微醉歌聲審聽穩新愁殢人方寸　怎不悶當初欲憑燕翼西飛寄歸信小窗睡起梁間都去盡夜長旅枕先知秋杪黃花漸近一成為伊銷損

一落索

蟬帶殘聲移别樹晚涼房户秋風有意染黃花下幾點淒涼雨　渺渺雙鴻飛去亂雲深處一山紅葉為誰愁供不盡相思句

又

宫錦裁書寄遠意長辭短香蘭泣露雨催蓮暑氣昏池
館　向曉小園行遍石榴紅滿花花葉葉盡成雙渾似
我梁間燕

又

烏散餘花飛舞滿地風雨長江衮衮接天流夜送征帆
去　今夜行雲何處斷腸南浦殘燈不剪五更寒獨自
與餘香語

謁金門　甲子年同寅伯題于壁

人已老春亦不留些些少花盡葉長蠶又把子規啼未了
往事不論多少且向樽前一笑白髮滿頭愁已到路
長波渺渺

鼓笛慢

拍肩笑别洪崖共看紫海還清淺蓬壺舊約人間舒笑
桃紅千遍去歲爭春今年逼臘滿空飄霰漸横枝照水
清絲弄日都點綴江南岸　須吸百川為壽捲恩波已
傾銀漢戎袍擁戟萬釘圍帶天孫新眷十里塵香五更

弦月未收絃管正秦箏細語宫黼定拍候來冬按

西江月慢

春風淡淡清晝永落英千尺桃杏散平郊晴蜂來往亂香飄擲傍畫橋賁酒青帘綠楊春外數聲長笛記去年紫陌朱門花下舊相識　向寶帕裁書憑燕翼望翠閣烟林似織閒道春衣猶未整過禁烟寒食但記取角枕題情東窗休悮這些端的更莫待青子綠陰春事寂

思佳客 竹西從人去數年矣今得歸偶以此煩全美達之

曾醉揚州十里樓竹西歌吹至今愁燕銜柳絮春心遠魚入晴江水自流　情渺渺夢悠悠重尋羅帶認銀鈎挂帆欲伴漁人去只恐桃花悞客舟

又（全美久不通偶伯禧去閩錄前所賦復作一首）

薄薄山雲欲溼花雙雙燕子入簾斜西樓尚記垂垂雪酌酒猶殘片片霞　人已遠鬢成華小樓疎竹宅誰家誰憑去雁通消息僊子當乘八月槎

夜遊宮（生日代人獻江宰）

簾外繁霜未掃樓角動玉繩橫曉百和交焚瑞烟遶霽霞明晝屏深天渺渺　喜色連池沼薦眉壽玉兒嬌小早晚除書下天表日初長莫等閒孤一笑

浣溪沙

風掃長林雪壓枝紛紛凍鵲傍簾飛一樽聊作破寒威春意正愁梅漏泄客情尤怕病禁持曲闌干外日初遲

南歌子

片片雲藏雨重重霧隱山可憐新月似眉彎今夜斷腸凝望小樓寒　夢斷雲房遠書長蠟炬殘夜粧應罷短屏閒都把一春心事付梅酸

如夢令

珠閣兩簾高捲望斷碧梧墻院短夢有幽尋曉枕一峰雲亂誰見誰見風散菊英千片

浣溪沙

微綻梅桃一顆紅斷腸聲裏唱玲瓏輕羅小扇掩酥胸

惹鬢蛛絲新有喜窺窗月彩舊相從清宵一醉許誰

同

浪淘沙

涼露洗秋空菊徑鳴蛩水晶簾外月玲瓏燭憖雙心懸似玉蔌蔌啼紅　宋玉在墻東醉袖揺風心隨月影入簾櫳戲著錦茵天樣遠一段愁濃

醉桃源

檀香新染砑紅綾腰肢瘦不勝合歡小幌掩餘酲芙蓉

入夢頻　山不盡水無情銀河隔錦茵劉郎僊骨未應輕桃花已悞人

思佳客

夢裏相逢不記時斷腸多在杏花西做開笑語兜鞋急遠有燈光掠鬢遲　亂永夜失深期一枝黄菊對傷悲夜涼窗外聞裁剪應慰沉香製舞衣

小重山

雨洗簷花溼盡簾知他因甚地瘦厭厭玉人風味似冰

蟾愁不見烟霧曉來添　煩惱舊時諳新來一段事
未心甘滿懷離緒過春蠶燈殘也誰見我眉尖

柳梢青

遠簾籠月誰見南陌子規啼血萸榝菊英簪冠落帽一
時虛說　五湖自有深期曾指定燈花細說燕子巢空
秋鴻程遠音書中絕

卜算子

雲破月高懸照我雙雙淚人在朱橋轉曲西翠幕重重

閑要見索商量見了還無計心似長檠一點燈到曉清清地

又

眉為占愁多鎮日長長斂試問心中有底愁淚早千千點莫唱短因緣道著猶傷感誰信蕭郎是路人常有深深念

又

一日抵三秋半月如千歲自夏經秋到雪飛一向都無

計 續續說相思不盡無窮意若寫幽懷一段愁應用天為紙

又

得酒解憂煩多病還疎酒本是多情失意人此味如何受 沉醉且高歌不飲心常有守著殘燈鬬著眉怎不腰肢瘦

如夢令

多謝西池桃李伴我一春沉醉能有幾多香陪了一江

來淚憔悴憔悴又是落花鋪地

木蘭花慢

石榴花謝了正荷葉蓋平池試瑪瑙杯深琅玕簟冷臨水簾帷知他故人甚處晚霞明斷浦柳枝垂唯有松風水月向人長似當時　依依望斷水窮雲起處是天涯奈燕燕子樓高江南夢斷虛費相思心愁暗生舊恨更流螢弄月入紗衣除却幽花軟草此情未許人知

又　重午

對修篁萬個更踈雨洗琅玕望燕外晴絲鷗邊水葉胡蝶成團榴紅勸人把酒汎菖蒲對客不成懽金縷新番彩索始知今歲衣寛　年年此日青樓花鈌處倚闌干記小扇清歌蠻戕妙墨不覺更殘可憐舊遊似夢向人未減一枝蘭縱有千金莫惜大家沉醉花間

又七夕

桂鄉雲萬縷更飛雨洗香車念密會經年銀潢浪阻玉露期賒靈星瑞橋對展散怱怱喜色滿天涯回首丁寧

曉角未宜吹動梅花　家家競賞彩茸穿桂影醉流霞
漸舞袖翻鸞歌聲綴鳳釵影交加人間共饒宴樂算天
孫怎忍遣河斜莫惜西樓剪燭大家同到啼鴉

戀香衾

記得花陰同携手指定日許我同歡喚做眞成熱心安
打疊從來不成器待做個平地神仙又却不成些事驀
地心殘　據我如今沒投奔見著你淚早偷彈對月臨
風一味埋冤笑則人前不妨笑行笑裹斗覺心煩怎分

得煩惱兩處均攤

豆葉黄

芰荷香外一聲蟬風撼琅玕驚晝眠刻燭題詩花滿牋

小神僊對倚闌干月正圓

又

晚粧新試碧衫涼金鴨猶殘昨夜香柳際風來月滿廊

一雙雙人對鴛鴦浴小塘

又

輕羅團扇掩微羞酒滿玻璃花滿頭小板齊聲唱石州

月如鈎一寸横波入鬢流

又

林花著雨褪胭脂葉底雙桃結子遲對鏡憑郎畧皺眉

笑微微燕子羞人必懶歸

又

玉簫風外一聲清粉面嬋娟月對明紫府樓臺夜不扃

羽衣輕穩駕雙鸞謁帝庭

千秋歲

冰蟾懸鏡露顆傾荷柄螢點點明花徑凝愁情不展宿酒風還醒天似曉銀河半落星相趁　心事都無定才致元相稱春過了秋將近小窗通竹浦野色連金井得仗個多情燕子分明問

好事近

心事已成空春盡百花零落誰見黄鸝百囀索東君評泊　曉來枝上語綿蠻應悔向來錯看則綠陰青子却

悽惶無託

南鄉子

小雨阻行舟人在烟林古渡頭欲挈一樽相就醉無由誰見横波入鬢流　百計不遲留明月他時獨上樓水盡又山山又水温柔占斷江南萬斛愁

又

燕子喚春歸夢逐楊花滿院飛吹過西家人不見依依萍點荷錢又滿池　屈指數佳期何日憑肩對展眉傾

盡十分應不醉遲遲何惜櫻桃杏子時

浪淘沙

纖指捧玻璃莫惜重持自離閬苑失回期門掩東風桃著子簾影遲遲　樓上正横箆荷氣沾衣誰將名玉碾花枝不比尋常紅與紫取次芳菲

卜算子　余每為歌詩使李蓮歌之即解人深意自去年七月親往華亭口去矣余為之輟筆昨夜酒醒卧不能穩試作卜算子以寄之

渡口看潮生水滿蒹葭浦長記扁舟載月明深入紅雲

去　荷盡覆平池忘了歸來路誰倚南樓百尺高不見如

蓮步

小重山

雲護桑條雪壓枝斜風吹絳蠟點胭脂薔薇沃水麝分

臍園林晚脉脉帶斜暉　深閣繡簾低寶奩勻淚粉晚

粧遲一枝屏外對依依清宵永誰伴破寒卮

惜分釵

春將半鶯聲亂柳絲拂馬花迎面小堂風暮樓鐘草色

連雲暝色連空重重　秋千畔何人見櫻桃小顆殘粧
淺酒霞紅與誰同試問別來近日情悰忡忡

又

重簾挂微燈下背蘭同説春風話月盈樓淚盈眸覷著
紅裀無計遲留休休　鶯花謝春殘也等閒泣損香羅
怕見無由恨難收夢短屏深清夜更籌悠悠

如夢令

花趁清明爭展白白紅紅無算莫怪淚痕多愛底不能

得見凝戀凝戀門外雨飛簾捲

水龍吟

年年九月西湖繡船繼日笙簫擁五雲深處紅簾一桁語鶯歌鳳羣玉峰頭影娥池畔烟霞飛動認蓬瀛仙子雲程路遠貪人世瑶池夢　要看黄塵清海戲與珠麻姑清縱曲門自有菊金芳砌月篚浮棟子著宫桃舞翻宫柳霞杯纖捧待明年更把西風妙曲按成新弄

鵲橋仙

西風不落薄衾孤枕記起花時兩個宿愁新恨兩關心
説道理分疎不可　别愁如海佳期何在古屋蕭蕭燈
火打窗風雨又何消夢未就依前驚破

點絳唇聖節鼓子詞

扇列紅鸞赭黄日色明金殿御香焚茜寶仗香風暖
咫尺天顔九奏朝陽莞羣臣宴醉霞凝面午漏傳宫
箭

又

俊眼犀心尊前如有乘鸞便過愁傳怨只許燈光見見了重休河漢明遮斷深深院亂風飄霞揉了雙羅燕

水調歌頭 用舊韻

解衣同一笑聊復起廚烟醉鄉何處與君舒嘯入壺天長怪時情狹隘杯酒豈容我輩不上謫仙船雅志念湖海小艇一絲竿 夜迢迢燈燭下幾心閒平生得處不在內外及中閒點檢春風歡計惟有詩情宛轉餘事畫跡殘彩筆題桐葉佳句問平安

好事近

世事莫牽縈樂取這閒時節且憑醉來醒去免光陰虛設有則有個潑心兒不放被利名啜却待兩手分付與風花雪月

又

長記十年前彼此玉顏雲髮尊酒幾番相對樂春花秋月而今各自困飄零憔悴幾年別說著大家煩惱且大家休說

青玉案

一尊聊對西風醉況九日明朝是曾與茱萸論子細江天虛曠暮林橫遠人隔銀河水　碧雲漸展天無際吹不斷黃昏淚若作懽期須早計如何得似鬢邊新菊雙結黃金蘂

欽定四庫全書

聖求詞

跋

呂聖求名渭老或云濱老檇李人有聲宣和間其詠梅詞寄調東風第一枝先輩與坡仙西江月並稱兹集中不載不知何故其詞云老樹渾苔橫枝未葉青春肯誤芳約背陰未返氷魂陽梢已含紅萼佳人寒怯誰驚起曉來梳掠是月斜窗外棲禽霜冷竹間幽鶴　雲澹澹粉痕漸薄風細細凍香又落叩門喜伴金樽倚闌怕聽畫角依稀夢裡半面淺窺珠箔甚時重寫鸞牋去訪舊

遊東閣又惜分釵其自製新譜也尾句用二疊字云重重又云忡忡較之陸放翁釵頭鳳尾句云錯錯錯莫莫莫更有別韻又喜用險峭字如側寒斜雨之類楊升菴云其用側寒字甚新唐詩春寒側側掩重門韓偓詩側側輕寒剪剪風又無名氏詞玉樓十二春寒側與此側寒相襲用之不知所出大意側不正也猶云峭寒爾今坊本俱作惻寒幾認壹关為壺矢矣古虞毛晉識

友古詞

蔡伸

欽定四庫全書　　集部十

友古詞　　詞曲類　詞集之屬

提要

臣等謹案友古詞一卷宋蔡伸撰伸字伸道莆田人襄之孫自號友古居士宣和中官彭城倅歷官左中大夫馬端臨經籍考載伸有友古詞一卷此本為毛晉所刊卷數相合伸嘗與向子諲同官彭城漕屬故屢有贈子諲

詞而子謳酒邊詞中所載倡酬人姓氏甚多
獨不及仲未詳其故仲詞固遜子謳而材致
筆力亦畧相伯仲即如南鄉子一闋自注云
因向詞有憑書續斷腸句而作今考向詞乃
南歌子以仲詞相較其婉約未遽相遜也晉
刋本頗多踈舛如飛雪滿羣山一詞晉注云
又名扁舟尋舊約不知此乃後人從本詞後
闋起句改名非有異體亦不應即以名本詞

惜奴嬌一調晉注云一作粉蝶兒不知粉蝶兒另有一調與惜奴嬌判然不同至青玉案和賀方回韻前闋處字韻譌作他字賀此調南宋諸人和者不知凡幾晉不能互勘其誤益為失考矣乾隆四十九年三月恭校上

總纂官臣紀昀臣陸錫熊臣孫士毅

總校官臣陸費墀

欽定四庫全書

友古詞
提要

欽定四庫全書

友古詞

宋 蔡伸 撰

水調歌頭

醉擊玉壺缺恨寫綠琴哀悠悠往事誰問離思渺難裁綠野堂前桃李燕子樓中歌吹那忍首重回唯有舊時月遠遠逐人來 小庭空清夜永獨徘徊伴人幽怨一枝瀟洒隴頭梅腸斷雲帆西去目送煙波東注千里接

長淮為我將雙淚好過楚王臺

又 時居莆田

亭皐木葉下原隰菊花黄凴高滿眼秋意時節近重陽追想彭門往歳千騎雲屯平野高宴古毬塲弔古論興廢看劍引盃長　感流年思往事重淒涼當時坐間英俊强半已凋亡慨念平生豪放自笑如今霜鬢漂泊水雲鄉已無功名志此意付清觴

又

相逢非草草分袂太息息征裘淚痕浥遍眸子去酸風天際孤帆難駐柳外香軿望斷雲雨各西東回首重城遠樓觀暮煙中　黯銷魂思陳事已成空東郊勝賞歸路騎馬踏殘紅月下一樽芳酒凭闌幾曲清歌別後少人同為問桃花臉一笑為誰容

滿庭芳

煙鎖長堤雲横派嶼斷橋流水溶溶凭闌凝望遠目送征鴻桃葉溪邊舊事如春夢回首無蹤難忘處紫薇花

下清夜一樽同　東城攜手地尋芳選勝賞遍珍叢念
紫簫聲闋燕子樓空好是盧郎未老佳期在端有相逢
重重恨聊憑紅葉和淚寄西風

又

風捲龍沙雲垂平野晚來密雪交飛坐看闌檻瓊蕊遍
寒枝粧點蘭房景致金屏掩簾幙低垂紅爐畔淺斟低
唱天色正相宜　更闌人半醉香肌玉暖寶髻雲欹又
何須高會梁苑瑤池堪笑子猷訪戴清興盡忍凍空回

仍休羨漁人江上披得一蓑歸

又

鸚鵡洲邊芙蓉城下迴然水秀山明小舟雙槳特地訪雲英驚破蘭衾好夢開朱户一笑相迎良宵永南窗皓月依舊照娉婷　别來無限恨持盃欲語恍若魂驚愴霎時相見又慘離情還是匆匆去也重攜手密語叮寧佳期在寶釵鸞鏡端不負平生

又

秦洞花迷巫陽夢斷夜來曾到藍橋洞房深處重許見
雲翹蕙帳殘燈耿耿紗窗外疎雨蕭蕭雙心字重衾小
枕玉困不勝嬌　尋常愁夜永今宵更漏彈指明朝叙
深情幽怨淚裛香綃記取于飛後約丹山上别選安巢
驂鸞去青霄路穩明月共吹簫

又

玉斝翻香紅爐叠勝綺窗疎雨瀟瀟故人相過情話歇
良宵酒暈微紅襯臉横波浸滿眼春嬌雲屏掩鴛鴦被

煩欹枕聽寒潮　如今成別恨臨風對月總是無聊念
傷心南陌執手河橋還似一場春夢離魂斷楚些難招
佳期在踏青時候花底聽吹簫

蘇武慢

雁落平沙煙籠寒水古壘鳴笳聲斷青山隱隱敗葉蕭
蕭天際暝鴉零亂樓上黃昏片帆千里歸程年華將晚
望碧雲空暮佳人何處夢魂俱遠　憶舊遊邃館朱扉
小園香徑尚想桃花人面書盈錦軸恨滿金徽難寫寸

心幽怨兩地離愁一樽芳酒淒涼危欄倚遍儘遲留憑仗西風吹乾淚眼

飛雪滿羣山 又名扁舟尋舊約

冰結金壺寒生羅幙夜闌霜月侵門翠筠敲竹疎梅弄影數聲雁過南雲酒醒欹枕悽猶有殘粧淚痕繡衾孤擁餘香未減猶是那時熏 長記得扁舟尋舊約聽小窗風雨燈火昏昏錦裀纔展瓊籤報曙寶釵又是輕分黯然携手處倚朱箔愁凝黛顰夢回雲散山遥水遠

空斷魂

又

絶代佳人幽居空谷綺窗森玉猗猗小舟雙槳重尋舊約洞房窕是當時夜闌紅燭暗黯相對渾如夢裏旋烘鴛錦塵生繡帳香滅縷金衣　須信有盟言同皎日歎利牽名役事與君違君已許我今生來世兩情到此奚疑彩鸞須鳳友算何日丹山共歸未酧深願綿綿此恨無盡期

水龍吟 重過舊隱

畫橋流水桃溪路別是壺中佳致南樓夜月東窗疎雨金蓮共醉人靜回廊竝肩攜手玉芝香裏念紫簫聲斷巫陽夢覺人何在花空委　寂莫危欄獨倚望仙鄉水雲無際芸房花院重來空鎖蒼苔滿地物是人非小池依舊彩鴦雙戲念當時風月如今懷抱有盈襟淚

驀山溪 登歷陽城樓

孤城暮角落日邊聲靜醉袖拂危闌對天末孤雲愁凝

吴津楚望表裏抱江山山隱隱水迢迢滿目江南景
羇懐易感往事傷重省羅袂浥殊香鬢星星忍窺清鏡
瓊英好在應念玉關遥凝淚眼下層樓回首平林暝

又

疎梅雪裏已報東君信冷豔與清香似一个人人標韻
晚來特地酌酒慰幽芳攜素手摘纖枝插向烏雲鬢
老來世事百種皆消盡榮利等浮雲漫汲汲徒勞方寸
花前眼底幸有賞心人歌金縷醉瑶卮此外君休問

又

書雲令旦雪霽巖凝候玉輦想回鑾正花覆千官錦繡
周南留滯清夢繞觚稜心耿耿路迢迢此際空回首
華堂薦壽玉筍持椒酒一曲囀春鶯更祝我膺時納祐
功名富貴老去已灰心唯只願捧觴人歲歲長依舊

又

金風玉露時節清秋候散髮步閒亭對熒熒一天星斗
悲歌慷慨念遠復傷時心耿耿髮星星倚杖空騷首

區區戀豆豈是甘牛後時命未來間且只得低眉袖手男兒此志肯向死前休無限事幾多愁總付盃中酒

念奴嬌

凌空寶觀乍登臨多少傷離情味淼淼煙波吳會遠極目江淮無際檻外長江樓中紅袖淡蕩秋光裏一聲横吹半灘鷗鷺驚起　因念邃館香閨玉肌花貌有盈盈仙子弄水題紅傳密意寶墨銀鈎曾寄淚粉香銷碧雲路杳脉脉人千里一彎新月腸斷危欄獨倚

又

歳華晼晚念羇懐多感佳會難卜草草盃盤聊話舊同
剪西窗寒燭翠袖籠香雙蛾歛恨低按新翻曲無情風
雨斷腸更漏催促　匆匆歸騎難留鸞屏鴛被忍良宵
孤宿回首幽歡成夢境唯覺衣襟芬馥海約山盟雲情
雨意何日教心足不如不見為君一味愁蹙

又

畫堂宴闋望重簾不捲輕啞朱户悄悄回廊驚漸闃寂

窣淩波微步酒力融春香風暗度携手偎金縷低低笑
問睡得眞箇穩否　因念隔濶經年除非魂夢裏有時
相遇天意憐人心在了豈信關山遐阻曉色朦朧柔情
睠戀後約叮嚀語休教腸斷楚臺朝暮雲雨

又

當年豪放況朋儕俱是一時英傑逸氣凌雲佳麗地獨
占春花秋月冶葉倡條尋芳選勝是處曾攀折昔遊如
夢鏡中空嘆華髮　邂逅萍梗相逢十年往事忍樽前

重說茂緑成陰春又晚誰解丁香千結寶瑟彈愁玉壺敲怨觸目堪愁絶酒闌人靜爲君腸斷時節

又

輕雷驟雨洗千岩濃翠層巒森列衣袂涼生叢竹外時有飛螢明滅雲浪鱗鱗蘭舟泛泛共載一輪月五湖當日未應此段奇絶　歸路横玉鶩鸞叫雲清永似悠颺天末玉宇瓊林凝望處依約廣寒宮闕老去情鍾此心仍在未肯甘華髮清歡留作異時嘉話重說

雨中花慢

寓目傷懷逢歡感舊年來事事疎慵嘆身心業重賦得情濃況是離多會少難忘雨跡雲蹤望斷無錦字雙鱗杳杳新雁雝雝　良宵孤枕人遠天涯除非夢裏相逢相逢處愁紅斂黛還又匆匆回首緑窗朱户可憐明月清風斷腸風月關河有盡此恨無窮

喜遷鶯

青娥呈瑞正慘慘暮寒同雲千里剪水飛花漸漸瑤英

寥洒翠筠聲細邃館靜深金鋪半掩重簾垂地明窗外伴疎梅瀟洒玉肌香臟　幽人當此際醒魂照影永漏愁無寐强捫清樽慵添寶鴨誰會黯然情味幸有賞心人奈咫尺重門深閉今夜裏算忍教孤負濃香鴛被

憶瑤姬　南徐連滄觀賞月

微雨初晴洗瑤空萬里月挂冰輪廣寒宮闕遥望素娥縹緲丹桂亭亭金盤露冷玉樹風輕陡覺秋思清念去年曾吹簫侶同賞蓬瀛　奈此夜旅泊江城漫花光眩

目緑酒如澠幽懐終有恨恨綺窗清影虚照娉婷藍橋杳楚館雲深擬憑歸夢去强就枕無奈孤衾夢易驚

醜奴兒慢

明眸秀色别是天真瀟洒更鬢髪堆雲玉臉淡拂輕霞醉裏精神衆中標格誰能畫當時攜手花籠淡月重門深亞　巫峽夢回已成陳事豈堪重話漫贏得羅襟清淚鬢邊霜華念傷懐凭闌煙水渺無涯秦源目斷碧雲暮合難認仙家

滿江紅

人倚金鋪顰翠黛盈盈墮睫話别處留連無計語嬌聲咽十幅雲帆風力滿一川煙暝波光闊但回首極目望高城彈清血　竝蘭舟停畫楫曾共醉津亭月銷魂處今夜月圓人缺楚岫雲歸空悵望漢皋珮解成輕别最苦是拍塞滿懷愁無人説

婆羅門引　再遊仙漳薛氏園亭

素秋向晚歲華分付木芙蓉蕭蕭紅蓼西風記得當時

擷翠擁手繞芳叢念吹簫人去明月樓空　遥山萬重望守碧想眉峯翠鈿瓊璫漫好誰適為容淒涼懷抱算此際唯我與君同凝淚際目送征鴻

青玉案 和賀方回韻

參差弱柳長堤路弱柳外征帆去皓齒明眸嬌態度回頭一夢斷腸千里不到相逢處　來時約畧春將暮幽恨空餘錦中句小院重門深幾許桃花依舊出墻臨水亂落如紅雨

又

鸞凰本是和鳴友奈無計長相守雲雨匆匆分袂後綠舟東去櫓聲啞軋目斷長堤柳　涓涓清淚輕綃透殘粉餘香尚依舊獨上南樓空回首夜來明月怎知今夜少箇人攜手

浣溪沙 壬寅五月西湖

雙佩雷文拂手香青紗衫子淡梳粧冰姿綽約自生涼虛掉玉釵驚翡翠緩移蘭棹趁鴛鴦鬢鬟風亂綠雲

長

又

玉趾彎彎一折弓秋波剪碧艷雙瞳淺顰輕笑意無窮
夜靜擁爐薰鵲腦月明飛棹採芙蓉別來歡事少人
同

又 仙漳二首

蘋末風輕入夜涼飛橋畫閣跨方塘月移花影上廻廊
粲枕隨釵雲鬢亂紅綿撲粉玉肌香起來攜手看鴛

鸞

又

窗外疎篁對節金畫橋新綠一篙深沉沉清夜對橫參
酒暈半消紅玉臉雲鬟輕製小犀簪夢回陳迹杳難
尋

又 崑山月華閣

沙上寒鷗接翼飛潮生潮落水東西征船鳴櫓趁潮歸
望斷碧雲無錦字漫題紅葉有新詩黃昏微雨倚闌

時

又

漠漠新田緑未齊柳陰陰下水平堤竹間時有乳鴉啼
雲斂屏山横枕畔夜闌璧月轉林西玉爐香裏綵鴛
棲

又

紫燕雙雙掠水飛廉纖小雨未成泥籬邊開盡野薔薇
會少離多終有恨暫來還去益堪悲後期重約採蓮

時

又

窄窄霜綃穩稱身強臨歌酒慘離魂故人相遇益傷神
斷雨殘雲千里隔瓊枝璧月四時新為君留取鏡中
春

又

且鬬樽前見在身昔遊如夢可銷魂玉容依約舊精神
千里重來人事改一盃相屬意還新韶華不減洞中

春

又　賦向伯恭薌林木犀二首

木似文犀感月華寸根移種自仙家春蘭秋菊浪矜誇

玉露初零秋夜永幽香直入小窗紗此時風月獨輸

他

又

葉剪玻璃蘂糝金清香端不數瓊沉獨將高韵冠薌林

千里江山新夢後一天風露小庭深玉人歸與已駸

伯恭時守平江府署中有木犀開時大起歸與
駸余故有後詞未韻不數月得請歸鄰林舊隱

又

淺褐衫兒壽帶藤碾花如意枕冠輕鳳鞋弓小稱娉婷
約畧梳妝隨事好出塵標韵出塵清一枝梅映玉壺

冰

又

窗外桃花爛漫開年時曾伴玉人來一枝斜插鳳皇釵
今日重來人事改花前無語獨徘徊淒涼懷抱可憐

哉

虞美人

瑤琴一弄清商怨樓外桐陰轉月華澄淡露華濃寂莫小池煙水冷芙蓉　攀花擷翠當時事緑葉同心字有情還解憶人無過盡寒沙新雁甚無書

又

飛梁石徑關山路慘淡秋容暮一行新雁破寒空腸斷碧雲千里水溶溶　鸞衾欲展誰堪共簾幙霜華重鴨

爐香盡錦屏中幽夢今宵何許與君同

又

紅塵疋馬長安道人與花俱老緩垂鞭袖過平康散盡高陽零落少年場　朱絃重理相思調無奈知音少十年如夢儘堪傷樂事如今回首做凄涼

又 甲辰入燕

綵旗摇曳檣烏轉鷁首征帆展高城樓觀暮雲平疊鼓凝笳都作斷腸聲　緑窗朱户空回首明月還依舊亂

山無數水茫茫誰念塞垣風物極恓惶

又

堆珠滴露冰壺瑩樓外天如鏡水晶雙枕襯雲鬟卧看千山明月聽潺湲　渡江桃葉分飛後馬上猶回首郵亭今夜月空圓不似當時携手對嬋娟

又

碧溪曾寄流紅字忍話當時事重來種種盡堪悲有酒盈盃聊為故人持　夜闌剪燭西窗語懐抱今如許樽

前莫訝兩依依綠鬢朱顔不似少年時

又

鸞屛繡被香雲擁平帖幽閨夢覺來重試古龍涎深炷玉爐燒氣不燒煙　匆匆人去三更也月到廻廊下出門無語送郎時淚共一天風露溼羅衣

生查子

畫堂初見伊明月當窗滿今夜月如眉話別河橋畔重見約中秋莫負于飛願免使月圓時兩處空腸斷

又

霜寒月滿窗夜永人無寐絳蠟有餘情偏照鴛鴦被看盡舊時書滴盡今生淚衙鼓已三更還是和衣睡

又

金壺插玉𨑳人面交相照花影滿方牀翠疊屏山杳風月亦多情特地今宵好儘道夜初長彈指東窗曉

又

幾番花信風數點籠絲雨竝轡踏香塵選勝東郊路

韶華轉首空誰解留春住幸到緑尊前且作鶯花主

又

銀釭委墜紅碧鎖朦朧曉别淚洒金徽一曲情多少

郵亭今夜長明月香幃悄縱使夢相逢何處尋蓬島

南歌子

蕭寺疎鐘斷虛堂夜氣清涼蟾偏向水窗明露井碧梧

寒葉顫秋聲　幽恨人誰問孤衾淚獨橫此時風月此

時情擬倩藍橋歸夢見雲英

又

遠水澄明緑孤雲黯淡愁白蘋紅蓼滿汀洲腸斷圓蟾空照木蘭舟　節物傷羈旅歸程艱滯留佳期已誤小紅樓賴得今年猶有閏中秋

又

恨入眉峰翠寒生酒暈紅臨期凝淚洒西風須信世間無物似情濃　玉蹬敲霜月金鉦伴曉鐘淒涼古驛亂山重今夜擁衾無寐與君同

南鄉子

天外雨初收風緊雲輕已變秋邂逅故人同一笑遲留聚散人生冝自謀　去路指南州萬頃雲濤一葉舟莫詰太湖波浪險歸休人在溪邊正倚樓

又　宣和壬寅予與向伯恭俱為大漕屬官向有詞云憑書續斷腸因為此詞

木落雁南翔錦鯉慇懃為渡江淚墨銀鈎相憶字成行滴損雲牋小鳳皇　陳事費思量回首煙波卷夕陽儘道憑書聊破恨難忘及至書來更斷腸

菩薩蠻詠髮

鴛鴦枕上雲堆緑蘭膏微潤知新沐開帳對華燈見郎雙眼明　錦衾香馥郁檻竹敲寒玉何物最無情曉雞咿喔聲

又

杏花零落清明雨卷簾雙燕來還去枕上玉芙蓉暖香堆錦紅　翠翹金鈿雀蟬鬢慵梳掠心事一春閒黛眉顰遠山

又

飛英不向枝頭住等閒又送春歸去雲幄翠陰浮長隨日脚流　玉簫吹鳳怨驚起樓中燕飛去自雙雙惱人空斷腸

又 廣陵盛事

水光山影浮空碧柳絲揺曳春無力柳岸繫行舟吹簫憶舊遊　舊遊堪更憶望斷迷南北千古恨悠悠長江空自流

又

當時携手令千里可堪重到相逢地觸目盡闗心流鶯尚好音　無人知我意只有涓涓淚寂寞到斜陽羅衣裛舊香

又

鳴笳疊鼓催雙槳扁舟穩泛桃花浪别淚洒東風前歡如夢中　夢魂無定據不到相逢處縱使夢相逢香閨豈解同

又

金鋪半掩銀蟾滿箇人應恨歸來晚軋軋櫓聲遲那知心已飛　迎門一笑粲嬌困横波慢偎倚緑窗前今宵人月圓

又

雙雙紫燕來華屋雨餘芳艸池塘緑一夜擺花風鶯花滿樹紅　盃深君莫訴醉袖歌金縷無奈惜花心老來情轉深

又

朝來一陣狂風雨春光已作堂堂去茂緑滿繁枝青梅結子時　攀枝驚晼晚樂事孤心眼正是惜春歸那堪怨别離

又

凝羞隔水拋紅豆嫩紅如臉腰如柳心事暗相期陽臺雲雨迷　玉樓花似雪花上朦朧月揮淚執柔荑匆匆話别時

又

花冠鼓翼東方動蘭閨驚破遼陽夢翠被小屏山曉窗

燈影殘　竝頭雙燕語似訴橫塘雨風雨曉寒多征人

可奈何

憶秦娥 西湖

湖光碧春花秋月無今昔無今昔十年往事盡成陳迹

玉簫聲斷雲屏隔山遙水遠長相憶長相憶一生懷

抱為君牽役

又

花陰月蘭堂夜宴神仙客神仙客江梅標韵海棠顔色良辰佳會誠難得花前一醉君休惜君休惜楚臺雲雨今夕何夕

清平樂

綵舟雙櫓六月臨平路小雨輕風消晚暑繞岸荷花無數　玉人粲枕方牀遥知待月西廂昨夜有情風月今宵特地凄涼

又

南窗月滿繡被堆香暝苦恨春宵更漏短應訝郎歸又晚 征帆初落溪邊迎門一笑嫣然今夜流霞共酌何妨金盞垂蓮

又

明眸秀色肌理凝香雪羅綺叢中標韵别捧酒歌聲清越 不辭醉臉潮紅却愁歸騎匆匆回首緑窗朱户斷腸明月清風

謁金門

溪聲咽溪上有人離別別語叮嚀和淚說羅巾霑淚血

儘做剛腸如鐵到此也應愁絶回首斷山帆影滅畫

舩空載月

又

相思切觸目只供愁絶好夢驚回清漏咽燭殘香穗結

長恨南樓明月只解照人離缺同倚朱欄飛大白令

宵風月別

憶王孫

涼生水簟怯衣單明月樓高空畫欄滿院啼蛩人未眠

掩重關烏鵲南飛風露寒

阮郎歸

煙籠寒水暝禽栖滿庭紅葉飛蘭堂寂寂畫簾垂霜濃

更漏遲　鴛被冷麝香微强欹單枕時西窗看盡月痕

移此情君怎知

柳梢青

數聲鶗鴂可憐又是春歸時節滿院東風海棠鋪繡梨花飄雪　丁香露泣殘枝算未比愁腸寸結自是休文多情多感不干風月

又

子規啼月幽衾夢斷銷魂時節枕上斑斑枝頭點點染成清血　淒涼斷雨殘雲算此恨文君更切老去情懷春來況味那禁離别

又

聯壁尋春踏青尚憶年時携手此際重來可憐還是去年時候　陰陰柳下人家人面桃花似依舊但願年年春風有信人心長久

好事近

花露滴香紅花底漏聲初歇人似一枝梅瘦照水壺清徹　翠蛾雲鬢為誰容蟲絲寶奩結可惜一春顛頽負滿懐風月

又

十幅健帆風天意巧催行役極目五湖雲浪沉滿空秋色　玉人應怪誤佳期凝恨正脉脉錦鱗為傳尺素報蘭舟消息

卜算子

風雨送春歸寂寞花空委枝上紅稀地上多萬點隨流水　翠黛斂春愁照影臨清泚應念韶華惜舜顔洒遍胭脂淚

又

小閣枕清流一霎蓮塘雨風遞幽香入檻來枕簟全無
暑　遐想似花人閱歲音塵阻物是人非空斷腸夢入
西洲路

又題扇

玉斧斲冰輪中有乘鸞女鬢亂釵橫襟袖涼只恐輕飛
舉　青冥縹緲間自有吹簫侶不向巫山十二峯朝暮
為雲雨

又

前度月圓時月下相攜手今夜天邊月又圓夜色如清晝　風月渾依舊水館空回首明夜歸來試問伊曾解思量否

又

重重雪外山渺渺煙中路路轉山橫無盡愁正是分攜處　望極錦中書腸斷魚中素錦素沉沉兩未期魚雁空相誤

又

春事付鶯花曽是鶯花主醉拍春衫金縷衣只向花間
住 密意君聽取莫逐東風去若是眞心待于飛雲裏
千條路

小重山 吳松浮天閣送别

樓外江山展翠屏沉沉虹影畔縿舟横一樽别酒為君
傾留不住風色太無情 斜日半山明畫欄重倚處獨
銷凝片帆回首在青㝠人不見千里暮雲平

又

澹澹秋容煙水寒樓高清夜永倚闌干玉人不見坐長歎簫聲遠明月滿空山　遐想綠雲鬟青冥風露冷獨乘鸞別時容易見時難憑孤枕聊復夢嬋娟

又 宣和甲辰余自彭城倅以檄燕山取道莫閣見所謂陳文者於州治之籌邊閣識不負所聞明年歸則陳已入道矣崔守呼至之即席贈此

流水桃花小洞天壺中春不老勝塵寰霞衣鶴氅竝桃冠新裝好風韻愈飄然　功行滿三千嬰兒并姹女鍊成丹劉郎曾約共昇仙十箇月養箇小金壇

又

樓上風高翠袖寒碧雲籠淡日照闌干緑楊芳草恨綿綿長亭路何處認征鞍　曉鏡嬾重看鬢雲堆鳳髻任闌珊鸞衾鴛枕小屏山人如玉忍負一春閒

踏莎行

珮解江臯魂消南浦人生惟有别離苦别時容易見時難算來却是無情語（盡載席上語）　百計留君留君不住留君不住君須去望君頻問夢中來免教腸斷巫山雨

又秦妓胡芳來常隷籍以其端嚴如木偶人因目之為佛乃作是云

如是我聞金仙出世一超直入如來地慈悲方便濟羣生端嚴妙相誰能比　四衆皈依悉皆歡喜有情同赴龍華會無憂帳裏結良緣麼訶修哩修修哩

又

客裏光陰傷離情味玉觴未舉心先醉臨岐莫怪苦留連檣烏轉處人千里　恨寫新聲雲牋密寄短封難盡心中事憑君看取紙痕斑分明總是離人淚

又 題團扇

落日歸雲寒空斷雁吳波淺淡山平遠丹青寫出在霜縑佳人特地裁團扇　漁艇孤煙酒旗幽院𡨚兒景趣君休羨五湖歸去共扁舟何如早早酬深願

又

水滿青錢煙滋翠葆殘英滿地無人掃歸來羇思亂如雲無端更被春酲惱　叠叠遥山綿綿遠道凭闌滿目唯芳草莫驚青鬢點秋霜盧郎已分愁中老

又 贈老嚴道人

玉質孤高天姿明惠了無一點塵凡氣白蓮空殿鎖幽芳亭亭獨占秋光裏　一切見聞不可思議我今有分親瞻禮願垂方便濟衆生他時同赴龍華會

定風波

一曲驪歌酒一鍾可憐分袂太匆匆百計留君留不住君去滿川煙暝滿帆風　目斷魂銷人不見但見青山隱隱水浮空擬把一襟相憶淚試寄雲牋密洒付飛鴻

又 丙寅四月吳門西樓之集

老去情鍾不自持篸花酌酒送春歸玉貌冰姿人窈窕一笑清狂豈減少年時　欲上香車俱脉脉惆悵半簾花影月平西待得酒醒人已去凝竚斷雲殘雨儘堪悲

點絳唇 登歷陽連雲閣

水繞孤城亂山深鎖橫江路帆歸別浦苒苒蘭皋暮人在天涯雁背南雲去空凝竚鳳樓何處煙靄迷津渡

又 和安行老韻

香雪飄零㬉風著柳籠絲雨惱人情緒春事還如許
寶勒朱輪共結尋芳侶東郊路亂紅深處醉拍黃金縷

又

背壁燈殘臥聽簷雨難成寐井梧飄墜歷歷蛩聲細
數盡更籌滴盡羅巾淚如何睡甫能得睡夢到相思地

又

月缺花殘世間樂事難雙美夜來相對把酒彈清淚
一點情鍾銷盡英雄氣樊籠外五湖煙水好作扁舟計

又

玉筍持盃歛紅顰翠歌金縷綵鴛戢羽未免羣雞妬
我為情多愁聽多情語君休訴兩心堅固雲裏千條路

又

人面桃花去年今日津亭見瑶琴錦薦一弄清商怨
今日重來不見如花面空腸斷亂紅千片流水天涯遠

又 丙寅

梅雨初晴畫欄開遍忘憂草蘭堂清窈高柳新蟬噪

枕上芙蓉如夢還驚覺匀粧丁背人微笑風入玲瓏罩

又

帳外華燈翠屏花影參差滿錦衣香暖苦恨春宵短

畫角聲中雲雨還輕散河橋畔月華如練回首成腸斷

又

緑蕚冰花數枝清影横疎牖玉肌清瘦夜久輕寒透

忍使孤芳攀折他人手人歸後斷腸回首只有香盈袖

又 送常守陳正同應之還朝

解紱朝天滿城桃李繁陰布彩舟難駐忍聽驪歌舉
協理中興聖意方傾注從令去五雲深處穩步沙堤路

又

雲雨匆匆洞房當日曾相遇暫來還去無計留春住
寶瑟重調静聽鸞絲語休輕負綺窗朱户好做風光主

貽君怨

一曲雲和鬆響多少離愁心上寂莫掩屏帷淚沾衣
最是銷魂處夜夜綺窗風雨風伴愁眠夜如年

醉落魄

波紋如縠池塘雨後添新緑海棠初綻紅生肉雙燕歸來還認舊巢宿　凝情凴暎闌干曲新愁無限傷心目誰人月下吹横玉驚起鴛鴦飛去自相逐

又

霜華揺落亭亭皓月侵朱箔夢回攲枕聽殘角一片寒聲風送入寥廓　眼前風月都如昨獨眠無奈情懷惡凭肩携手于飛約斷想人人終是賦情薄

又

明眸秀色雙蛾巧畫春山碧盈盈標韻傾瑶席一見樽前宛是舊相識　深期密語雖端的良宵無奈成輕擲忍教只恁空相憶得入手來無限好作劇

又

陽關聲噎清歌響斷雲屏隔溪山依舊連空碧昨日主人今日是行客　緑窗朱户應如昔回頭往事成陳迹後期總使無端的月下風前應也解相憶

極相思

碧簷鳴玉玎璫金瑣小蘭房樓高夜永飛霜滿院壁月沉缸　雲雨不成巫峽夢望仙鄉煙水茫茫風前月底登高念遠無限淒涼

又

相思情味堪傷誰與話衷腸明朝見也桃花人面碧蘚廻廊　别後相逢唯有夢夢回時輾轉思量不如早睡今宵魂夢先到伊行

玉樓春

碧桃溪上藍橋路寂寞朱門閑院宇粉墻疎竹弄清蟾玉砌紅蕉宜夜雨　箇中人是吹簫侶花底深盟曾共語人生樂在兩知心此意此生君記取

又

星河風露經年别月照離亭花似雪寶釵鸞鏡會重逢花裏同眠今夜月　月華依舊當時節細把離腸和淚說人生只合鎮長圓休似月圓圓又缺

長相思

我心堅你心堅各自心堅石也穿誰言相見難　小窗前月嬋娟玉困花柔竝枕眠今宵人月圓

又

錦衾香玉枕雙昨夜深深小洞房回頭已斷腸　背蘭釭夢仙鄉風撼梧桐雨洒窗今宵好夜長

又

村姑兒紅袖衣初發黄梅插稻時雙雙作伴隨　長歌

詩短歌詩歌裏真情恨別離休言伊不知

西地錦

寂寞悲秋懷抱掩重門悄悄清風皓月朱闌畫閣雙鴛池沼　不忍今宵重到惹離愁多少蓬山路杳藍橋信阻黄花空老

歸田樂

風生蘋末蓮香細新浴晚涼天氣猶自倚朱闌波面雙雙彩鴛戲　鸞釵委墜雲堆髻誰會此時情意冰簟玉

琴横還是明月人千里

七娘子

天涯觸目傷離緒登臨況值秋光莫手撚黄花憑誰分付雝雝雁落蒹葭浦　憑高目斷桃溪路屏山樓外青無數緑水紅橋瑣窗朱户如今總是銷魂處

感皇恩

酒暈襯横波玉肌香透輕裊腰肢妬垂柳臂寛金釧且是不干春瘦撚金雙合字無心繡　鬢雲半墮金釵欲

溜羅袂殘香忍重嗅渡江桃葉腸斷爲誰招手倚闌凝
望久眉空鬬

謁金門

鶯啼處揺蕩一天凉雨極目平蕪人盡處斷虹明碧樹
費得爐烟無數只有輕寒難度忽見樓西花影露弄
晴催薄暮

減字木蘭花 癸亥元日秀守劉卿任有詞時余適至秀因用其韻二首時初用樂

彤庭龍尾禮備天顔知有喜九奏初傳耳冷人間十七

年　盈成持守仁德如春漸九有三輔多州好整埜歌

結勝遊

又

舩回沙尾幾誤紅窗聽鵲喜尺素空傳轉首相逢又隔

年　寒燈獨守玉筍持盃寧復有秀水南州徒使幽人

作夢遊

又

多情多病玉貌疲來愁覽鏡門掩東風零落桃花滿池

紅重簾不捲愁覷杏梁雙語燕强拂瑶琴一曲幽蘭淚滿襟

又 庚申七夕

金風玉露喜鵲橋成牛女渡天宇沉沉一夕佳期兩意深瓊籤報曙忍使飈輪容易去明日如今想見君心似我心

又

錦屏人醉玉暖香融春有味今日蘭舟魂夢還隨緑水

流　高城望斷無奈城中人不見斜倚粧樓恨入眉峯
兩點愁

漁家傲

煙鎖池塘秋欲暮細細前香直到雙栖處竝枕東窗聽
夜雨偎金縷雲深不見來時路　曉色朦朧人去住香
霞重簾密密聞私語目斷征帆歸別浦空凝竚苔痕綠
印金蓮步

西樓子

樓前流水悠悠駐行舟滿目寒雲衰艸使人愁　多少恨多少淚漫遲留何似驀然拚捨去來休

又

紅靴玉帶薇凝翠綃衣竝轡垂鞭粧影照清溪　長亭路停騎處晚涼時空有許多明月伴雙栖

御街行

東君不鎖尋芳路曾是鬻花主有情風月可憐宵猶記綠窗朱户十年空想春風面杳無計憑鱗羽　淒涼懷

抱今如許天與重相遇不應還向楚峯前朝暮為雲為雨算來各把平生分付也不是惡著處

洛陽春 柳向誤作上陽春

好在章臺楊柳不禁春瘦淡煙微雨麴塵絲鎖一點眉頭皺 憶自灞陵別後青青依舊萬絲千縷太多情忍攀折行人手

臨江仙

繁杏枝頭蜂蝶亂香風閣坐微聞靚粧濃艷任東君無

情風雨春事已平分　珍重主人留客意夜闌秉燭開

樽何須歌韻遏行雲羽觴交勸揮麈細論文

又

昨夜中秋今夕望十分桂影團圓玉人相對緑樽前素

娥有恨應是妬嬋娟　人靜小庭風露冷歌聲特地清

圓醉紅醺臉髻鬟偏翠裙輕皺端的為留仙

又

簾幙深深清晝永玉人不耐春閑縷牙碁子縷金圓象

盤雅戲相對小窗前　隅打直行尖曲路教人費盡機關局中勝負定誰偏饒伊使倖畢竟我贏先

又　木犀

仙品不同桃李艷移來月窟雲鄉幽姿綽約道家粧綠雲堆鬢嬌額半塗黄　可但乍涼風月下饒伊獨占秋光雨中別有惱人香錯教蕭史腸斷憶巫陽

又

琪樹鸞栖花露重依稀蘭洞風光玉人相對自生涼翠

鬟瓊珮綽約薿珠粧　寶瑟聲沉清夢覺夜闌明月幽窗可堪襟袂惹餘香斷雲殘雨何處認高唐

又　中秋和沈文伯

記得南樓三五夜曾聽鳳筦昭華樽前此際重興嗟素娥端有恨煙靄等閒遮　珍重主人留客意厭厭緩引流霞夜闌銀漢淡天涯亭亭丹桂現耿耿玉繩斜

又　藏春居

青潤奇峯名韞玉温其質竝瓊瑶中分瀑布瀉雲濤雙

巒呈翠色氣象兩相高　珍重幽人誠好事緑窗聊助風騷寄言俗客莫相嘲物輕人意重千里贈鵝毛

瑞鷓鴣 客有作北里選勝圖冠以曲子名東風第一枝裒然居首因作此詞

脈脈柔情不自持淺顰輕笑百般宜樽前唱歇黄金縷一點春愁入翠眉　流蕙盼捧瑶巵借君歌扇寫新詩浮花漫說驚郎目不似東風第一枝

惜奴嬌 一作粉蝶兒

隔闊多時算彼此難存濟咫尺地千山萬水眼眼相看

要説話都無計只是唱曲兒詞中認意　雪意垂垂更剗地寒風起怎禁這幾夜意未散癡心便指望長偎倚只替那火桶兒與奴暖被

行香子

珠露初零天宇澄明正閒堦皎月亭亭更闌人靜煙斂風清更井邊桐一葉葉做秋聲　斗帳鸞屏翠被華裀夢回時酒力初醒緑雲堆枕紅玉生春且打叠起龍牙簟竹夫人

一剪梅

堆枕烏雲墮翠翹午夢驚回滿眼春嬌嬛嬛一嫋楚宫腰那更春來玉減香消　柳下朱門傍小橋幾度紅窗誤認鳴鑣斷腸風月可憐宵忍便懨懨兩處無聊

又

高宴華堂夜向闌急管飛霜羯鼓聲乾仙人掌上水晶盤回按凌波舞袖弓彎　曲罷凝嬌整翠鬟玉筍持盃巧笑嫣然爲君一醉倒金舩只恐醒來人隔雲山

又 甲辰除夜

夜永虚堂燭影寒斗轉春來又是明年異香懷抱只淒然樽酒相逢姑且自寬 天際孤雲雲外山夢繞觚稜日下長安功名已覺負初心羞對菱花緑鬢成斑

六幺令

梅英飄雪弱柳弄新緑冷冷畫橋流水風静波如縠長記扁舟共載偶近旗亭宿湫雲横玉鴛鴦枕上聽徹新番數般曲 此際䰟清夢冷綉被香芬馥因念多感情

懐觸處傷心目自是今宵獨寐怎不添愁處如今心足
風前月下頼有新人慰幽獨

鎮西

秋風吹雨覺重衾寒透傷心聽曉鐘殘漏凝情久記紅
窗夜雪促膝圍爐交盃勸酒如今頓孤歡偶　念別後
菱花清鏡裏眉峯暗鬬想標容怎禁銷瘦忍回首但雲
箋墨鴛鴦錦啼妝依然似舊臨風淚霑襟袖

看花回和趙智夫韻

夜久涼生庭院漏聲頻促念昔勝遊舊地對畫閣層巒雨餘煙篏新詩暗藏小字霜刀刋翠行攜素手細繞回塘芰荷香裏彩鴛宿　別後想香鎖膩玉帯圍減削寬金粟雖有鱗鴻錦素奈事與心違佳期難卜擬解愁腸萬結唯憑樽酒綠望天涯斷魂處醉拍闌干曲

訴衷情

亭亭秋水浸芙蓉天際水浮空碧雲望中空暮人在廣寒宮　雙縷枕曲屏風小房櫳可憐今夜明月清風無

許君同

浪淘沙

樓下水潺湲樓外屏山淡煙籠月晚涼天曾與玉人携素手同倚闌干　雲散夢難圓幽恨綿綿舊遊重到忍看負你一生多少淚月下花前

如夢令

人靜重門深亞朱閣畫簾高掛人與月俱圓月色波光相射瀟洒瀟洒人月長如今夜

又

今夜行雲何處還是月華當午倚遍曲欄橋望斷錦屏歸路空去空去夢到緑窗朱户

愁倚欄

傷春晚送春歸步雲溪緑葉同心雙小字記曾題　樓外紅日平西長亭路煙草萋萋雲雨不成新夢後倚欄時

又

天如水月如鈎正新秋月影參差人窈窕小紅樓　如今往事悠悠樓前水腸斷東流舊物忍看金約腕玉搔頭

又

一番雨一番涼夜初長滿院蛩吟人不寐月侵廊　木犀微綻幽芳西風透窈窕紅窗恰似箇人鴛被裏玉肌香

望江南 感事

落花盡寂莫委殘紅蝶帳夢回空曉月鳳樓人去漫東風春事已成空　閒竚立曲沼水溶溶雲鎖亂山橫慘淡煙籠緑樹晚溟濛却在淚痕中

春光好

鸞屏掩翠衾香小蘭房回首當時雲雨夢兩難忘　如今水遠山長憑鱗翼難敘衷腸況是教人無可恨一味思量

風流子

韶華驚晼晩卜春光倦客惜年芳一庭樾蔭濃半藏鶯語晼蘭香減時百蜂忙粉墻低嫩嵐滋翠篠零露溼殘粧風暝晝長柳綿吹盡澹煙微雨梅子初黄　洛浦音容遠書空漫惆悵往事悲涼無奈錦鱗杳杳不渡横塘念蝴蝶夢回子規聲裏半窗斜月一枕餘香持待自寛除非鐵做心腸

朝中措

章臺楊柳月依依飛絮送春歸院宇日長人静園林緑

暗紅稀 庭前花謝了行雲散後物是人非唯有一襟

清淚凭欄灑遍殘枝

又

雨餘清鏡湛秋容屏展九華峯萬里闋雲散盡半規涼

月當空 樓高夜又永憑欄笑語此際誰同端有妙人

攜手倫然歸路凌風

侍香金童

寶馬行春緩轡隨油壁念一瞬韶光堪重惜還是去年

同醉日客裏情懷倍添悽惻　記南城錦逕名園曾遍歷更柳下人家似織此際凭欄愁脉脉滿目江山暮雲空碧

江城子　秋夜觀牛女星作

碧幮文簟小窗前乍更闌正燈殘烏鵲南飛秋意漸淒然滿院蛩吟風露下人寂窈月嬋娟　雙星舊約又經年信誰傳恨緜緜一隔明河長作斷腸仙爭似秦樓蕭史伴瑶臺路共乘鸞

西江月

翡翠蒙金衫子縷塵如意冠兒持盃輕按遏雲詞別是出塵風味　莫羨雙星舊約願諧明月佳期憑肩密語兩心知一棹五湖煙水

蒼梧謠

天休使圓蟾照客眠人何在桂影自嬋娟

採桑子　孫仲益集于西齋題侍兒作第一流因以詞謝之

奇花不比尋常艷獨步南州往事悠悠遠鶴重來憶夢

遊　仙翁不改青青眼一醉遲留妙墨銀鈎題作人間第一流

洞仙歌

鸎鸎燕燕本是于飛伴風月佳時阻幽願但人心堅固後天也憐人相逢處依舊桃花人面　綠窗攜手簾幙重重燭影搖紅夜將半對樽前如夢欲語魂驚語未竟已覺衣襟淚滿我只為相思特特來這度更休推後回相見

欽定四庫全書

瑞鶴仙

玉兒香漫歎嘆頻況簪斷紫簫聲絕丹青挂寒壁細端
詳宛是舊時標格音容望極奈弱水蓬山路隔似瑤林
瓊樹韶華正好一枝先折　淒切相思情味鏡中綠鬢
看成華髮臨風對月空羅袂搵清血待隨羣逐鬧眉一
笑除你心腸是鐵看今生為伊煩惱甚時是徹

友古詞